Helmut Zöpfl
Walter Rupp

Frohes Fest

Für
Wolfgang Küpper

HELMUT ZÖPFL & WALTER RUPP

Frohes Fest

Unterhaltsame Geschichten
und Gedanken

benno

Bibliografische Information der Deutschen Nationalbibliothek
Die Deutsche Nationalbibliothek verzeichnet diese Publikation
in der Deutschen Nationalbibliografie;
detaillierte bibliografische Daten sind im Internet über
http://dnb.d-nb.de abrufbar.

Bildnachweis
Cover: © Nechayka/Shutterstock.com
Schmuckelement Paginierung: © Meeerkat/Fotolia.de
Innenteil: © Michaela Steininger/Fotolia.de

Autorenkürzel:
Helmut Zöpfl: HZ
Walter Rupp SJ: WR

Besuchen Sie uns im Internet unter:
www.st-benno.de

Gern informieren wir Sie unverbindlich und aktuell auch in
unserem Newsletter zum Verlagsprogramm, zu Neuerscheinungen
und Aktionen. Einfach anmelden unter www.st-benno.de

ISBN 978-3-7462-5088-5

© St. Benno Verlag GmbH, Leipzig
Covergestaltung: BIRQ DESIGN, Dresden
Gesamtherstellung: Kontext, Lemsel (A)

INHALT

Advent:
Die frohe Zeit ist nah

Warten   8

Ungeduld   10

Zerstreuungen   13

Die neue Advents-Location   15

Der erste Schnee   21

Barbarazweige   23

Kerze und Halogenlampe   25

Wintermärkte   27

Kripperlmarkt   29

Zeitverschiebung   33

Kinderfragen   35

Ankunft des Herrn   38

Zeit der Erfüllung   40

Weihnachten:
O du fröhliche

Der Stern von Betlehem 42

Memoiren des Zacharias 44

Der Engel Gabriel 46

Probleme mit dem Schenken 49

Die Gaben 51

Schulaufsatz: „Worauf ich mich an Weihnachten freue" 52

Da fehlt doch was ... 55

Ein Jesuskind vom Christkind 60

Esel und Ochs 65

Ochs und Esel 67

Das Weihnachtsfest unter den Tieren 69

Weihnachtswunder 73

Weihnachtsabend 76

Beobachtungen eines Esels auf der Flucht 77

Menschensohn 78

Advent:
Die frohe Zeit
ist nah

WARTEN

Die beiden Begriffe Ankunft und Warten stehen oft in enger Verbindung. Unwillkürlich denke ich an einen Bahnhof oder einen Flughafen, wo man auf jemand wartet. In vielen Liedern spielt auch der Hafen und die Erwartung des ankommenden Schiffes eine Rolle wie in dem Lied „Vom Mädchen vom Piräus" und der Arie „der armen Butterfly", die voll Sehnsucht Ausschau hält nach dem Schiff, das ihr ihren Liebsten zurückbringt. Auch das Wartezimmer eines Arztes oder Zahnarztes fällt mir ein, wo man wartet, bis man aufgerufen wird. Es gibt ein eher bloßes Abwarten, aber häufig ist es ein freudiges Erwarten, vielleicht sogar mit dem Begriff Sehnsucht verbunden, bis sie oder er oder es endlich ankommt.

In der Adventszeit ist vor allen auch in Liedern die Rede von der Menschheit, die den Erlöser erwartet hat. Aber einmal ganz ehrlich, wer hat denn da wirklich Ausschau gehalten? Weder die Römer, Griechen noch Germanen. Schon eher die Juden, die auf den Messias warteten und noch warten. Aber hat sich diese Erwartung erfüllt, die eigentlich nach einem mächtigen Erlöser, der das Volk aus der Knechtschaft der Römer befreien sollte, Ausschau hielt? Genau betrachtet, mussten all diese, die gemeint hatten, da komme der mächtige König, eigentlich gewaltig enttäuscht sein. Er bzw. es kam nämlich ganz anders. Und dieser ganz Andere hat gänzlich unerwartet die Geschichte der Menschheit bis heute für Gläubige und Ungläubige total verändert. Man lese dazu das großartige Buch von Hans Maier „Welt ohne Christentum – Was wäre anders?" Dieses anders bedeutet, dass jemand ankommt und dafür in den Tod geht, dass alle Menschen gleich wertvoll sind, der die herrschende Moral, die einteilt zwischen Herren und Sklaven, arm und reich, mächtig und ohnmächtig, stark und schwach aus den Angeln gehoben hat.

Gleich was Menschen und Institutionen auch immer aus dieser Frohbotschaft gemacht haben und machen, insofern könnte der Advent doch immer wieder etwas anders sein als das routinemäßige Abwarten, bis es dann wieder so weit ist. Jeder neue Adventstag bietet nämlich die Gelegenheit, irgendwie ein wenig mitzuwirken, dass die Heilsbotschaft lebendig bleibt.

HZ

UNGEDULD

Advent bedeutet ja eigentlich die „Erwartung auf die Ankunft des Herrn". Diese Zeit, meist um den 1. Dezember beginnend, war für uns Kinder immer etwas ganz Besonderes:
Der Adventkranz, der uns mit jeder neu entzündeten Kerze aufzeigte, wie viel Zeit noch zum Heiligen Abend sei. Die Adventslieder, in denen wir dieses Heranrücken besangen – damals kannten fast alle Kinder noch die gängigen Kirchenlieder –, machten die Zeit der Erwartung feierlich. Ja und da war natürlich noch der Nikolausabend, an dem dieser Heilige als gestrenger Vorbote meist eine kleine Besinnung bewirkte, ob man wirklich so „brav" gewesen sei, dass das Christkind kommen könnte. Das Wort „brav" wurde damals noch nicht von Pädagogen und Psychologen auf seine „so gefährliche Wirkung" bei Kindern untersucht, da es ja, wie man heute meint, Schäden wegen der dem Wort anhaftenden Gehorsamspflicht verursachen könnte. Manchmal denke ich darüber nach, wie die Erziehung damals nur einigermaßen gut gehen konnte: Die vielen meist alleinerziehenden Mütter, keine psychotherapeutischen Beratungsstellen, keine Egotherapeuten, keine der heute fast in allen Straßen ansässigen Nachhilfeinstitute. Niemand, der den Frauen sagte, ob ihr Kind womöglich Legastheniker, Dyskalkulant, ein ADHS-Fall oder aber auch wegen seiner Hochbegabung unterfordert sei. Keine entsprechenden Tests, die genau den IQ des Kindes

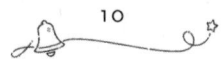

ermitteln, damit es beizeiten schon im Vorschulalter auf die Kinderuniversität gehen könnte, usw.

In einer stillen Stunde denke ich schon einmal darüber nach, welche Schäden, Marotten oder dumme Angewohnheiten auf Grund der damaligen nicht erfolgten Psychoanalyse, Ungetestetheit ohne professionelle Behandlung als Folgeerscheinung zu erklären sind. Vielleicht meine Neigung zum Granteln oder bei meinem Freund Heini ein gewisser Masochismus, der ihn heute noch 1860er-Anhänger sein lässt.

Aber zurück zum Advent. Kann er eigentlich heute noch als eine Zeit der Erwartung bezeichnet werden? Ist nicht bezeichnend für unsere Zeit, dass man alles Mögliche versucht, die vermeintlich unnütz vertane Zeit des Wartens oder gar des Ausharrens zu vermeiden oder zumindest abzukürzen? Wohl mehr aus kommerziellen Gründen nimmt man immer mehr etwas voraus. Man denke nur daran, dass heute bereits zur Oktoberfestzeit Lebkuchen, Weihnachtsstollen, aber auch diese konfessionslosen globalisierten Globalplayer, die Weihnachtsmänner in der Herbstsonne vor sich hin schmelzen. Der Mensch besinnt sich heute immer mehr auf seine Fähigkeit, der Machbarkeit. Das heißt, dass er immer weniger „sein" lässt, sondern versucht, alles selber herzustellen. Lange Zeit schien sich die Zeit noch einigermaßen der Verfügung des Menschen zu entziehen auch wenn er sie immer mehr in Uhren und Terminkalender presste, und sie verplante. Am meisten scheint sich die Zeit unserer Macht zu entziehen, wenn wir etwas abwarten müssen. Für viele ist die Zeit des Wartens sogar etwas Schreckliches.

UNGEDULD

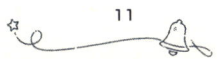

Darüber vergisst man – aus Zeitgründen – dann auch oft das Nachdenken darüber, was und warum man etwas so schnell erreichen will. Helmut Qualtinger hat es auf die schöne Formel gebracht: „Wir wissen nicht mehr, wohin wir wollen. Dafür sind wir umso schneller dort." Und Werner Mitsch meint: „Die Menschen fahren zum Jodeln in die Berge und haben nicht einmal mehr Zeit, das Echo abzuwarten."

Wie viel Freude geht uns dadurch verloren, dass wir die Zeit der Erwartung nicht mehr genießen oder dass wir auch einmal glücklich sein können, eine Zeit durchgehalten zu haben. Vorfreude gehört, das weiß ich aus den eben geschilderten Kindertagen, mit zu den schönsten Freuden. Die Zeit der Erwartung kann ihren ganz besonderen Eigenwert besitzen. Vielleicht sollten wir uns also jetzt im Advent doch Zeit nehmen, diese Zeit wieder mehr Zeit sein zu lassen. Aber schnell, wenn's geht!

HZ

ZERSTREUUNGEN

Was strömt nicht alles in einer Fußgängerzone auf uns ein: Da wird ein Schaufenster neu gestaltet. Gleich daneben kündigt ein Geschäft seinen Ausverkauf mit herabgesetzten Preisen an. An einer Häuserwand prangt ein Plakat mit dem Kopf eines Abgeordneten, den ich wählen soll. Vor mir jault ein Hund. Auf der anderen Straßenseite quengelt ein Kind. Ein paar Schritte weiter versucht ein Sektenangehöriger mich anzusprechen. Vor einem Hauseingang hält mir ein Bettler seinen Hut entgegen. Gleich danach drückt mir einer ein Informationsheft über die richtige Ernährung in die Hand. Da streitet ein Mann mit seiner Frau und dort spielen Musikanten aus Südamerika eine fetzige Melodie. Es ist kaum möglich, einen Schritt tun, ohne dass irgendwer oder irgendwas um meine Aufmerksamkeit wirbt. Wäre ich bereit, mich all den Reizen, die da auf mich zukommen, auszusetzen, ich käme nie an ein Ziel. Wer ein Ziel erreichen will, muss sich oft zwingen, nicht hinzuhören und nicht hinzusehen. Wir sind in Gefahr, dass wir in permanenter Zerstreuung leben, dass sich unser Dasein nur noch aus hastig aufgenommenen Ereignissen zusammensetzt und unsere Tage nur noch aus einem wirren Knäuel von Eindrücken oder aus wahllos zusammengefügten Nachrichten, Informationen und Gesprächsfetzen bestehen. Ja dass diese Reize uns tyrannisieren und nicht mehr wir, sondern sie unser Leben bestimmen. Wir sollten uns auf keinen

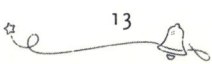

Fall die Freiheit nehmen lassen, das, wofür wir uns interessieren möchten, selbst zu wählen.

WR

DIE NEUE
ADVENTS-LOCATION

Über viele Jahre hatte Alfons Igerl, der Kassier vom Kleingartenverein Flora, jedes Jahr so um Mitte Dezember herum seine Lesung in der Neuhauser Gaststätte Volkarts-Eck abgehalten. Dabei hatte es genügt, dass er dem Wirt, dem Trögel Wiggerl, irgendwann um den 20. Oktober herum angerufen hatte mit der Frage: „Bleibts heuer wieder dabei?" So wollte er es auch heute wieder um diese Zeit versuchen und wählte die schon leicht vergilbte Nummer des Lokals in seinem Telefonbuch

Stimme: Hallo. Well-come-Gastronomiezentrale. Was kann ich für Sie tun?

Igerl: Well-come-Gastronomie? Na, i wollt bloß an Wirt vom Volkarts-Eck, an Trögel Wiggerl sprechen. Igerl ist mein Name, Alfons Igerl vom Kleingartenverein Flora.

Stimme: Da muss ich Sie leider enttäuschen, der Herr Trögel hat schon vor einem halben Jahr alles seinem Sohn übergeben und der hat sich mit seinem Lokal der „Well-come-Gastronomie-Group angeschlossen.

Igerl: Au weh. Na gibt's jetzt des Volkarts-Eck womöglich gar nimmer.

Stimme: Ja und nein. Der alte Laden wurde natürlich von unserem Management gründlich umgekrempelt und heißt jetzt „Zum Volki-Burger".

Igerl: Oh mei. Dann haben Sie vielleicht auch keinen

Nebensaal mehr, wo ich meine traditionelle Adventlesung heuer wieder machen könnte?
Stimme: Ach so, Sie fragen, ob wir noch eine Event–Location haben? Da kann ich Sie beruhigen. Die Wellcome-Gastronomie ist geradezu auf Events spezialisiert. Fast jeden Abend haben wir Special Events von namhaften Künstlern. Heute Abend ist beispielsweise Len Art Lonely, die ihr neuestes Album vorstellt, unser Highlight. Wollen Sie bei uns auch Ihr Album vorstellen?
Igerl: Mei Album? Ja i woaß net, ob meine Buidl jemand interessieren daadn. Na i wollt doch nur fragn, ob i mit meiner Adventlesung wieder bei euch neiderfat. So um den 10. Dezember rum hab i's oiwei gmacht.
Stimme: In welchem Jahr? 2019 oder 2020? Nächstes Jahr sind wir leider schon ausgebucht.
Igerl: Na, na i moan scho heuer, also 2017.
Stimme: Heuer? 2017? Wissen Sie, der Wievielte heute ist.
Igerl: Ja eigentlich schon. Aber zur Sicherheit schaug ich nochmals aufn Kalender. Heut is der 21. Oktober. Warum?
Stimme: Aber unsere Group plant auf 5 Jahre voraus, um nicht zu sagen in Dezenien.
Igerl: Auf 5 Jahr. Ja mei da weiß ich ja gar nicht, ob ich noch leb. Wissen Sie, wie alt ich bin?
Stimme: Nee, aber das tut ja auch nichts zur Sache.
Igerl: Ich bin ein 1937 Jahrgang. Kriegsgeneration, wenn Ihnen das was sagt. Da könnt ich Ihnen allerhand erzählen. An mache Sachen erinnere ich mich noch ganz genau, z. B. ...

Stimme: Sind Sie mir nicht böse, aber ich bin etwas in Eile. Aber Moment mal, ich habe gerade nachgeschaut. Das gibt's ja nicht. Der 10. Dezember wäre in diesem Jahr noch frei, weil der Christmas Faschingsball der Narrhalla kurzfristig abgesagt wurde.
Igerl: Also nacha gangats also doch? Dann buchens einfach unter meinem Namen Alfons Igerl, Kleingartenverein Flora.
Stimme: O.K. Aber für die Details bin ich jetzt nicht mehr zuständig. Da muss ich Sie mit meiner Kollegin von Event-Management, Frau Müller-Ziegenfreund, verbinden.
Igerl: Ha? Na na des brauchts net. Bei mir is sowieso alles klar. I machs wie oiwei.
Neue Stimme: Hier Sabine Müller-Ziegenfreund. Was kann ich für Sie tun?
Igerl: Ja hier Igerl, Alfons Igerl vom Kleingartenverein Flora. Eigentlich bräucht ich Ihnen ja gar net, weil das jedes Jahr dasselbe ist.
Müller-Ziegenfreund: Um was geht es denn eigentlich?
Igerl: Ja um meine Adventlesung halt, für die Flora.
Müller-Ziegenfreund: Also ein Advent-Event?
Igerl: Ja, wenn Sie so meinen.
Müller-Ziegenfreund: Gut, dann sagen Sie mir alles über Ihr benötigtes Equipment, die Performance usw.
Igerl: Ha?
Müller-Ziegenfreund: Was Sie für Ihren Auftritt benötigen.
Igerl: Benötigen? Ja eigentlich nix. So halt wia allerweil.
Müller-Ziegenfreund: Geht's nicht präziser?

Igerl: Ja mei, wenns meinen. An Tisch halt und an Stuhl.
Müller-Ziegenfreund: Na also. Da gehts schon los. Kleiner, großer Tisch? Tischdecke? Welcher Stuhl? Hocker? Sessel?
Igerl: Oh mei. Da hab i nia nachdenkt. Da war halt irgendein Stuhl und ein Tischerl dagstandn. Und dann hab i meine Gschichtln glesn.
Müller-Ziegenfreund: Was war, ist vorbei. Die Gastro arbeitet perfekt. Wir überlassen nichts dem Zufall. Tischdecke oder nicht?
Igerl: Ja vielleicht, wenns geht. A Tischdecke ist doch ein bisserl feierlicher.
Müller-Ziegenfreund: Weiße Tischdecke? Bunte?
Igerl: Bunt vielleicht.
Müller-Ziegenfreund: Welche Tischbeleuchtung? Tischlampe? Kerze?
Igerl: Ja mei, a Liacht brauch i schon, weil i ja lesen muaß. Vielleicht gangert beides.
Müller-Ziegenfreund: O.K. Farbe der Kerze?
Igerl: Lila-blassblau.
Müller-Ziegenfreund: Wie bitte?
Igerl: Das war nur ein Scherz.
Müller-Ziegenfreund: Ach so? Wie stehts mit der Musik? Live-Musik oder Konserve?
Igerl: Ja gut, dass Sie fragen. Also da wär wie jedes Jahr die Frau Schwankl dabei. Das ist die Frau von unserm Vorstand, die Mathilde. Und die spielt Zither. Zumindestens glaubt sie es. Unter uns gesagt. De Mathilde lernts nie. Beim Lied „Nun saget an den ersten Advent", verspielt sie sich regelmäßig schon in der zweiten Zeile. Aber sie ist unbelehrbar und glaubt

halt, dass Sie immer recht hat. Wie sie der Pfanzelt Maxl as letzte Mal darauf angesprochen hat, wia falsch dass gspielt hat, hats bloß gsagt: „Also ich hab richtig gspielt. Was kann ich denn dafür, dass sich der Komponist vertan hat?" Haha. Aber was bleibt mir übrig, sie ist halt die Frau vom Vorstand und außerdem ist sogar ihr Falschspielerei schon a guate Tradition wordn.

Müller-Ziegenfreund: Aha. Also Live-Musik. Ich habs mir notiert. Nächste Frage: mit oder ohne Mikrofon?

Igerl: Ja eigentlich wärs mir ja ohne Mikrofon lieber, und ich hab ja eine durchaus laute Stimme, aber in zunehmenden Alter werden halt unsere Mitglieder immer schwerhöriger. Und de wo am schlechtesten hören, setzen sich immer am weitesten weg. Der Scherm Max sagt z. B. jedes Jahr am End dasselbe: „Schön hast glesen, Alfons. Bloß schad, dass i kein Wort verstandn hab."

Müller-Ziegenfreund: Apropos Verstehen: Brauchen Sie einen Dolmetscher? Wir hätten sogar eine Anlage für Simultanübersetzung.

Igerl: An Dolmetscher? Ja Sie san guat. I les alles auf bayrisch vor. Seit Jahr und Tag und unsere Mitglieder sind in der Regel Einheimische. Unser Gartenverein Flora setzt sich, wenn ma des so sagn darf, vornehmlich aus Bayern, aus Aborigines zusammen, haha! Des heißt, wenn man von der Hui-Ming absieht. Des is de Frau vom Sohn vom Vorstand, die kommt aus China oder Thailand oder sonst woher. Aber wega der rentiert sichs nicht, dass wir einen Dolmetscher verpflichten.

Müller-Ziegenfreund: Herr Igerl, ich habe Ihnen

schon gesagt dass meine Zeit nicht unbegrenzt ist. Bitte schränken Sie sich also bei meinen Entweder-oder-Fragen auf eine kurze Antwort ein! Ich frage weiter: Getränke am Tisch? Saft oder Wasser? Wenn Wasser, mit Gas oder ohne Gas?

Igerl: Mei, i hab halt immer vor der Pause ein Weißbier vorn stehn ghabt. Und nach der Pause, wenns besinnlich wordn is, ein Glaserl Glühwein. Aber des spendiert immer die Hupfer Betty, und der ist so pappert süaß, das oam glei an Hals zsammklebt.

Müller-Ziegenfreund: Brauchen Sie eine Leinwand und einen Overhead-Projektor?

Igerl: Ja, mia waars gnua.

Müller-Ziegenfreund: Ach so, dann bringen sei ihren Computer für ein PowerPoint mit? Eine ganz wichtige Frage: Bei unseren Comedy-Veranstaltungen haben wir öfter das Problem, dass manche die Pointe zu spät oder gar nicht verstehen. Brauchen Sie einen Applauser?

Igerl: Einen was?

Müller-Ziegenfreund: Jemand, der ausgebildet ist, dass man an der richtigen Stelle klatscht oder Beifall spendet. Eine oder mehrere Personen?

Igerl: Also einen solchernen Schmarrn hab ich noch nie ghört. Jetzt reichts mir wirklich. Sie können mich jetzt langsam am A...

Müller-Ziegenfreund: Kreuzweise oder spiralförmig?

HZ

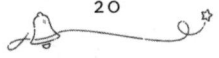

DER ERSTE SCHNEE

Heute habe ich beim Blick aus dem Fenster bemerkt, dass die ersten Schneeflocken gefallen sind und weiterfallen. Kein Wunder, dass fast automatisch Bilder aus meiner Kindheit auftauchen, in der diese Flocken als Vorboten den baldigen Besuch des heiligen Nikolaus und knapp drei Wochen später den wunderbaren Heiligen Abend ankündigten. Auch Gerüche und Geräusche dieser geheimnisvollen Zeit der Erwartung tauchen wieder auf: der Duft der unvergleichlichen Platzerl der Mutter; der Geruch der frischen Tannennadeln des Adventskranzes; das von meinem dürftigen Flötenspiel begleitete Lied „Advent, Advent, ein Lichtlein brennt", die anderen Adventslieder, die wir voller freudiger Erwartung in der Kirche gesungen haben, auch wenn es für das Bild von „Tauet, Himmel, den Gerechten, Wolken, regnet ihn herab!" erst einer Erklärung des Kaplan bedurfte. Und dann höre ich in Gedanken natürlich das Glöcklein, mit dem mein Vater das Weihnachtszimmer für den Eintritt freigab mit dem Kommentar: Das Christkind sei gerade hinausgeflogen und er habe ihm bis jetzt beim Schmücken des Christbaumes helfen müssen. Die Bilder glänzen, klingen, duften noch genauso wie die Erlebnisse, obwohl sie den weiten Weg aus der Vergangenheit hinter sich haben.

Meine Gedanken werden jäh unterbrochen: Meine Frau ruft mir zu: „Hast schon rausgeschaut, es schneit. Höchste Zeit, dass wir endlich die Winterreifen hinmontieren lassen!" Ich kann es aber dann doch nicht lassen, draußen einen Schneeball zu formen und ihn mit Schwung auf einen dieser schon seit Wochen an der Wand des Nachbarhauses hängenden, rot gewandeten dickbäuchigen Weihnachtsmänner zu werfen, die immer mehr unseren heiligen Nikolaus verdrängen. Habe aber leider nicht getroffen …

HZ

BARBARAZWEIGE

Der Brauch, Barbarazweige ins Zimmer zu stellen, ist leider etwas aus der Mode gekommen. Ich selbst habe mich auch erst in etwas vorgerückterem Alter wieder darauf besonnen. Seit einigen Jahren aber schneide ich Anfang Dezember regelmäßig ein paar Zweige von einem Obstbaum und stecke sie in eine Vase. Ist es nicht etwas Großartiges, dass in dem scheinbar toten Geäst das Leben ruht und sich bereits aufmacht, für neue Blütenpracht im Frühling zu sorgen?
Da gibt es ein großartiges Gedicht von Ernst Ginsberg, das mir immer wieder ins Bewusstsein ruft, dass wir mit dem bloßen Sehen nicht die ganze Wahrheit erfassen:

„Zur Nacht hat ein Sturm alle Bäume entlaubt,
sieh sie an, die knöchernen Besen.
Ein Narr, wer bei diesem Anblick glaubt,
es wäre je Sommer gewesen.
Und ein größerer Narr, wer träumt und sinnt,
es könnte je wieder Sommer werden.
Und grad diese gläubige Narrheit, Kind,
ist die sicherste Wahrheit auf Erden."

Barbarazweige sind, wenn sie dann an Weihnachten in voller Blüte stehen, ein wunderbares Symbol, dass das Leben eine wundersame Macht besitzt, sich immer wieder in Erscheinung zu bringen. Sie deuten aber auch darauf hin, dass es auf unsere Sorge ankommt, dem Leben Möglichkeit zur Entfaltung zu geben. So kann es ein guter adventlicher Gedanke sein, öfter einmal zu versuchen, durch ein gutes Wort oder eine kleine Geste ein wenig Wärme in die Kälte zu bringen. Ist es nicht schön, erleben zu dürfen, wie schon mit nicht allzu viel Aufwand etwas scheinbar Starres aufgetaut und womöglich gar zur Blüte gebracht werden kann?

HZ

KERZE UND HALOGENLAMPE

Eine Halogenlampe sagte herablassend zu einer Kerze: „Nun, du lächerliches, kleines Flimmerlicht, kommst du dir in unserer Zeit nicht etwas überflüssig vor?" „Keineswegs", antwortete die Kerze. „Ich komme in alle Gesellschaftskreise. Man holt mich ständig zu irgendwelchen Anlässen und stellt mich immer gerne auf: in Kirchen, auf Friedhöfen, bei Hochzeiten, Jubiläen oder Festen." „Und dort, wo man sentimentale und nostalgische Stimmungen liebt," ergänzte Halogen. „Ich verbreite wirklich Licht, aber bei dir kann man ja nicht von Licht sprechen."

„Ich bin zufrieden", sagte die Kerze, „wenn ich ein wenig Atmosphäre verbreiten kann, das ist mehr als Licht. Du leuchtest kalt. In deiner Gegenwart kann man höchstens Bilanzen schönen, Schulhefte korrigieren oder im Amtsdeutsch verfasste Verordnungen erlassen. Ich kann mir nicht vorstellen, dass man in deinem Licht Gedichte schreiben kann."

Die Halogenlampe blieb cool, obwohl sie sich über diese Sätze ärgerte. Sie zog es vor zu sticheln: „In deiner Nähe muss ich mich immer zusammennehmen, dass ich nicht huste. Mein Mitleid hindert mich daran, dass ich dein schwaches Lebenslicht ausblase."

Die Kerze geriet über diese Bemerkung so außer sich, dass sie zu flackern und das Wachs zu schmelzen begann. „Wenn es mich nicht mehr gibt und nur noch

deine unsympathische Visage", schrie sie, „dann wird es keine Feste und keine Poesie mehr geben!"
„Diese Befürchtung brauchst du nicht zu hegen", sagte Halogen. „Du solltest wissen, dass in meiner Gegenwart eine erstaunliche Zahl von Bestsellern geschrieben wurden."
Die Kerze schaute verächtlich und sagte spöttisch: „Für diese Art von Bestsellern, die in deinem Licht entstehen, bräuchte man eigentlich kein Licht."

WR

WINTERMÄRKTE

Kunde: Haben Sie schon gehört …? Ich habe von einem gehört, der es selbst erzählt hat, dass die Weihnachtsmärkte künftig Wintermärkte heißen sollen!
Geschäftsmann: Ja und? Da ist ja Winter.
Kunde: Und Sie sind darüber nicht entsetzt? Man kann doch nicht, was Jahrhunderte …
Geschäftsmann: Hören Sie mir auf mit diesem Argument. Es wird Zeit, dass man das, was man in Jahrhunderten angehäuft hat, endlich entsorgt.
Kunde: Sind Sie etwa gegen die Weihnachtsmärkte? Ich bin zwar nicht gläubig, aber mir würde etwas fehlen: diese Atmosphäre, diese Stimmung, dieses Drumherum, dieses … dieses …
Geschäftsmann: Ich bin für den Wintermarkt. Was hat denn ein Weihnachtsmarkt mit Weihnachten zu tun?
Kunde: Ich bitte Sie. Da kann man Rausche-Engel kaufen, Weihnachtsbaumschmuck, Kugeln, Lebkuchen, Punsch, Kerzen und Lametta …
Geschäftsmann: Das alles können Sie auch auf Wintermärkten haben.
Kunde: Aber nicht Religiöses: die drei Könige, Hirten, Schafe, Kamele und die Krippe.
Geschäftsmann: Wer stellt heute noch eine Krippe auf? Das konnte man, als man den Platz für die Geschenke noch nicht brauchte. Haben Sie schon einmal über die Vorteile nachgedacht? Ein Wintermarkt muss sich nicht auf den Advent beschränken.
Kunde: Aber welcher Winter dauert drei Monate?

Geschäftsmann: Gerade deshalb sollte die Illusion des Winters, die Erinnerung an Schnee und Schlittenfahrten, erhalten bleiben.
Kunde: Ja, dieser verdammte Klimawandel ...
Geschäftsmann: Man könnte die Jahreszeiten durch Jahreszeiten-Märkte aufwerten und auch Frühjahrs-, Sommer- und Herbstmärkte haben.
Kunde: Das ganze Jahr Märkte? Mit Frühjahrs- oder Sommerengeln? ...
Geschäftsmann: Die müssen natürlich der Jahreszeit entsprechend gestaltet sein. Da muss man sich eben was einfallen lassen.
Kunde: Das ganze Jahr auf den Gabentisch Geschenke legen ...?
Geschäftsmann: Das muss machbar sein. Wir leben in einem wirtschaftlich starken Land, das sich vier Märkte in einem Jahr leisten kann.
Kunde: Es fällt mir schwer, mit diesem rasanten Fortschritt Schritt zu halten.
Geschäftsmann: Der Fortschritt lässt sich nicht aufhalten. Wir haben uns zu lange mit religiös geprägten Festen zufriedengegeben. Der Markt hat nun einmal eine stärkere Anziehungskraft als jede Religion.

WR

KRIPPERLMARKT

Norddeutscher: Entschuldigung, ich habe gerade gehört, hier gibt es einen Grippemarkt. Was ist denn das? Kann man sich da eventuell ein Mittel gegen Grippe besorgen oder sich gar spritzen lassen gegen Grippe? Wissen Sie, wie man zu diesem Grippemarkt kommt?

Igerl: Grippemarkt? Ha, ha, ha. Sie san guat, Herr Nachbar. Kripperlmarkt hoaßt des oder Christkindlmarkt. Sie wissen doch, dass wir in Bayern was auf Tradition halten und ein frommes Volk sind. Im Kripperlmarkt geht's halt vor allem um Christi Geburt und die Krippe im Stall von Betlehem. Verstengan S'?

Norddeutscher: Ach so. Das ist ja schön. Das würde ich mir gerne ansehen. Ist es weit von hier?

Igerl: Ach wo. Da brauchen S' grad a paar Meter gradaus gehen. Dann kommen S' an den Marienplatz. Und da sehn S' schon unser Rathaus mit einem krummen struppigen Christbaum davor, den wo s' uns heuer aufgehängt haben. Vielleicht mögens den Reiter net.

Norddeutscher: Und da steht die Krippe?

Igerl: Naa, naa net direkt darunter. Da sehn S' zunächst an Haufen Stände und Buden, sozusagen als Beiwerk für des Kripperl. Aber i kann Ihnen ganz genau sagen, wia S' an des Kripperl kommen. Wissen S', mein Freund, der. Pfanzelt Maxe, hat jeds Jahr an Stand dort, da verkauft er vom FC Bayern Fanartikel. Der Maxe hat nämlich die Mitgliedsnummer 177. Des ist die erste Bude.

Norddeutscher: Ach so. Am Kripperlmarkt gibt es auch einen Stand vom FC Bayern?

Igerl: Klar. Also jetzt passen S' auf. Als Nächstes sehn S' dann eine ganz große Bude mit Glühweinausschank. Dahinter eine mit polnische Brühwurst usw. Und daneben ist ein Stand mit frisch gmachten Waffeln und Auszogne.

Norddeutscher: Auszogne?

Igerl: Net des, was Sie moana. Am Kripperlrnarkt geht's streng moralisch zua. Da geht bei uns nix! Auszogne sind Küacherl, mei des werden S' aa net verstehn, so eine Art Schmalznudel, ein Schmalzgebäck halt.

Norddeutscher: Ach so ... Aha und daneben steht die Krippe?

Igerl: Naa, naa, so schnell schiaßn de Preußen net. Entschuldigung, damit sind nicht Sie gemeint. Neben der Bude steht a Standl mit Kräuterschnaps, original aus'm Bayrischen Wald. Wissen S', wenn oana de fettn Schmalznudeln gessn hat, kanns sei, dass eam a Stamper' Magenbitter ganz guat tut. Daneben gibt's dann übrigens aa Kräuterguatl, äh ... Kräuterbonbons. De san guat gega jede Art von Erkältung und beugen aa der Grippe vor. Ah ja, dann haben S' ja doch recht mit Eahnan Grippe-Markt, sehng s', ha, ha, ha. Ja und dann kommt a Stand, der schenkt Kinderpunsch aus. Natürlich alkoholfrei. Ja, ja, der Kripperlmarkt soll ja auch für die Kinder was bieten. Die sind natürlich immer wieder begeistert von der schönen Krippe, dem Jesuskind, Maria und Joseph, Ochs und Esel und den Schafen, Sie werden's ja sehn.

Norddeutscher: Ja, da bin ich gespannt. Steht also die Krippe neben dem Weihnachtspunsch-Stand?

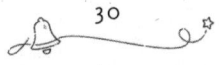

Igerl: Nicht direkt. Weil da kommt z'erst noch ein Stand mit gebrannten Mandeln. Wissen S', des gibt der ganzen Sache einen herrlichen Duft. Man fühlt sich fast wie auf dem Oktoberfest, vor allem, weil daneben aa no a Stand mit kandierte Früchte is. Und daneben ...
Norddeutscher: Steht die Krippe?
Igerl: Haha. Da daneben müssen S' jetzt links abbiegen. Bei den Standln vorbei, wo s' den heißen Fruchtwein ausschenken, zum Beispiel einen herrlichen Schlehenwein. Den sollten S' unbedingt probieren. Und dann gibt's daneben die original Nürnberger Bratwürstl. Und daneben ...
Norddeutscher: Kommt wohl wieder ein Glühweinstand, wie ich vermute.
Igerl: Glühwein? Ah wo! Ich glaub, ihr Norddeutschen denkts bloß ans Trinken, naa, naa. Jetzt kommt was ganz was Neues: A Stand mit orientalischen Räucherstäbchen und wunderschönen Buddha-Figuren. Solcherne, wie der Klinsmann mal beim FC Bayern aufgestellt hat. Aber die haben s' dann zusammen mim Klinsmann wieder entlassen, haha. Vielleicht san des de, de wo jetzt am Kripperlmarkt verkauft werden. Und daneben, weil wir halt mit der Zeit gehen, gibt's Döner. Jaja, da kennen wir nichts, wir sind tolerant. Liberalitas Bavariae, wenn S' schon davon gehört haben, Herr Nachbar. Da passt dann so richtig zu unserer kulturellen Vielfalt der Stand mit ganz frischen Kartoffelpuffern mit Apfelmus. Eine Delikatesse! Und jetzt dahinter kommt ...
Norddeutscher: Also die Krippe?
Igerl: Ja, oh Jeggerl, naa. Des hab i ganz vergessen!

Die Stadt baut doch heuer hinterm Rathaus um. Da haben s' a bisserl umdisponieren und wegrationalisieren müssen. Naa, daneben steht des Dixi-Klo für die Bauarbeiter. Sie wissen ja, die müssen halt aa amal, wenn's pressiert.

Norddeutscher: Ja und was ist jetzt mit der Krippe?

Igerl: I glaub, die haben s' heuer ganz weggelassen. Aus Platzgründen sozusagen. Im nächsten Jahr müssen S' sich aber die Krippe dann anschaun. Es lohnt sich, denn sie ist wirklich das Prachtstück vom ganzen Markt!

HZ

ZEITVERSCHIEBUNG

Schon vor längerer Zeit fiel mir eine Anzeige eines Medienmarktes in die Hand, auf der groß verkündet wurde: „Wir feiern Weihnachten schon heute". Wer die letzten Jahre aufgepasst hat, weiß, dass gerade Feste nichts „Festes" mehr sind, sondern dass sie wie ein Pfannkuchenteig ausgewalzt werden.
Wir befinden uns nicht nur in einem Klimawandel, sondern auch in einer ständigen Zeitverschiebung. Schon im September sind die Regale der Supermärkte voll von Weihnachtsartikeln, Lebkuchen, Christstollen, aber auch Christbaumschmuck und die unvermeidlichen Weihnachtsmänner, die rein aus kommerziellen Gründen ins Leben gerufen wurden und mit Weihnachten weniger am Hut bzw. der roten Mütze haben, als das Nibelungenlied mit dem Kufsteinlied. Das Wort „Christ" ist vornehmlich in Produkten wie Christstollen, Christkindlpunsch und Christkindlmärkte präsent, die dem Glühweinausschank dienen.
In den Prospekten der Großmärkte sehen wir die Bilder von bunt geschmückten Christbäumen und Angebote aller Art für den Heiligen Abend. Ich zähle immer wieder staunend die Tage bis dahin und stelle fest, dass wir noch Wochen vom 24. Dezember entfernt sind. Wann werden wohl dieses Jahr die ersten Christbäume aufgestellt werden? Den Rekord erlebte ich vor drei Jahren bei einer Zwischenlandung in Istanbul, wo ein großer bunt geschmückter Weihnachts-

baum schon am 1. November zu sehen war. Wenn das so weitergeht – und es scheint so weiterzugehen –, wird wohl bald der Trachtenzug beim Oktoberfest an Christbäumen vorbeiziehen. Vielleicht fällt in absehbarer Zeit wirklich Weihnachten und Neujahr in den Sommer und etwas später kann man den Maibaum gleich zum Christbaum umfunktionieren. Aber dann kommt Hoffnung auf. Wenn wir genügend lange warten, ist Weihnachten ein ganzes Jahr vorgerückt und die Heilige Nacht fällt endlich wieder mit Weihnachten zusammen.

HZ

KINDERFRAGEN

Kind: Mutti, bitte, sage mir,
warum, warum feiern wir?
Und gehen bei Schnee und Glätte
einmal im Jahr in die Christmette?
Mutti: Frag nicht Kind, sei froh!
Es ist nun einmal so!
Wir feiern eben jedes Jahr,
weil das seit Jahrhunderten so war.
Kind: Sag' doch, warum man den Advent
Zeit der Besinnung nennt?
Worauf besinnen sich die Leute?
Auf gestern, morgen oder heute?
Mutti: Die Leute müssen viel nachdenken,
was sie wem schenken?
Ob ihre Lieben auch die Gaben
schon oder noch nicht haben?
Kind: Warum kommt der Weihnachtsmann
erst am Weihnachtsabend an?
Im Kaufhaus ist er im November
und nicht erst im Dezember!
Mutti: Man muss doch, Kind, beizeiten
Feste sorgfältig vorbereiten.
Man kauft dort alle Waren ein
Lebkuchen, Nüsse und den Wein.
Kind: Mutti, warum zündet man
an Weihnachtsbäumen Kerzen an?
Wir haben doch das Neonlicht!
Genügt das am Weihnachtsabend nicht?

Mutti: Wie soll man unter Weihnachtsbäumen
Ohne Kerzenflimmern träumen?
Weihnachtsstimmung bei Neonlicht –
Kind, das gelingt beileibe nicht!
Kind: Sag', Mama, wenn du es weißt,
warum Weihnachten Christfest heißt.
Es kommt doch überall und dann
zu uns wieso der Weihnachtsmann?
Mutti: Weihnachtsmann und Christkind
sind nicht dasselbe, liebes Kind!
Zuerst war das Christkind, dann
kam aus Amerika der Weihnachtsmann.
Kind: War der Jesusknabe wirklich
ein Kind so klein wie ich?
Warum durfte er nur mit den vielen
Schafen und nicht mit Handys spielen?
Mutti: Kinder konnten einst nicht chatten,
weil sie keine Handys hatten.
Sie gingen überallhin zu Fuß
und lebten nicht im Überfluss.
Kind: Muss man auf Weihnachtsmärkte laufen?
Was kann man dort einkaufen?
Warum zieht dort mit einem Heiligenschein
das Christkind, das ein Knabe war, als Mädchen ein?
Mutti: Das liegt, mein Kind, daran,
weil man so besser werben kann.
Weil nun einmal allen Knaben
dieses etwas fehlt, das Mädchen haben.
Kind: Warum, sag', ich bitte sehr,
bekommen andre Kinder mehr?
Schenkt mir diesmal teure Sachen,
damit sie mich nicht mehr verlachen.

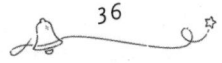

Mutti: Liebes Mäuschen, du weißt gut,
dass Vati für dich alles tut.
Wir werden dir, was du wünschst, schenken.
Du sollst ans Weihnachtsfest gern denken.
Kind: Liebste Mami, bitte sag',
warum spielt man den ganzen Tag
in jedem Kaufhaus immer wieder
die immer gleichen Weihnachtslieder?
Mutti: Liebes Kind, du musst verstehen,
die, die nie in eine Kirche gehen,
suchen einen solchen Ort,
damit ihre Seele nicht verdorrt.

WR

ANKUNFT DES HERRN

Vielleicht wäre es ganz gut, sich manchmal Gedanken darüber zu machen, was bei uns überhaupt noch ankommt. Die Ungeduld, diese Zeitkrankheit, verhindert es oft, dass wir uns Zeit nehmen, auf ein Ankommendes zu warten. Wer sicher sein will, dass etwas ankommt, schickt es wohl besser per Einschreiben und Express ab. Vielleicht hätte Gott die Heilsbotschaft seinerzeit wohl auch zumindest mit Eilboten zukommen lassen und mit Unterschrift bestätigen lassen, dass sie auch wirklich angekommen ist. Eventuell ist das sogar der Grund, so könnte man ironisch feststellen, dass die Botschaft vom Frieden anscheinend noch immer zu wenige erreicht zu haben scheint.

Aber manchmal ist es auch eine Frage, wie weit wir in aller Ablenkung in unserem sogenannten Medienzeitalter dem Ankommenden und auf uns Zukommenden überhaupt eine Chance geben, gehört und gesehen zu werden. Es kommt viel zu viel auf uns zu und es ist eben nicht ganz leicht, das wahrzunehmen, worauf es doch eigentlich ankommt. Ist es frivol zu fragen, wie man heute diese Ankunft des Herrn aufnehmen würde? Da wäre vielleicht noch die Erscheinung des Weihnachtssternes, der einer astronomischen Betrachtung wert wäre, ob es sich um einen Kometen, einen Meteoriten oder gar um ein Ufo gehandelt hätte. Vielleicht würde eine Klatschspalte sogar über einen VIP Besuch irgendwelcher Royals in einem ärmliche Stall berichten. Aber die Geburt des Erlösers würde wohl nicht einmal in einem Lokalteil vermerkt werden, gibt es doch in unserer Werbewelt so vieles, das uns das Heil wie Gesundheit, Schönheit und Glück verheißt.

HZ

ANKUNFT DES HERRN

ZEIT DER ERFÜLLUNG

Ich weiß nicht, was wird aus den Festen:
Weihnachten, Ostern, Advent?
Wenn alle dem Kaufrausch erliegen
und jeder durch Kaufhäuser rennt.
Die Lautsprecher künden die Botschaft:
Die Zeit der Erfüllung ist da:
Erfülle Dir Deine Wünsche!
Dein Glück ist greifbar und nah.

WR

Weihnachten:
O du
fröhliche

DER STERN VON BETLEHEM

Der Stern von Betlehem, der durch seinen Schweif auf sich aufmerksam machte und den drei Weisen vorausging, scheint den Ort, wo Jesus geboren wurde, nicht genau gekannt zu haben, sonst hätten die drei Weisen nicht den Herodes und die Schriftgelehrten fragen müssen, wo denn der König der Juden geboren werden soll. Sie merkten bald, dass sie sich bei ihrem Suchen nicht blind auf den Stern und ihre Augen verlassen dürfen und auch den Verstand gebrauchen müssen.
Sterne sagen nicht immer die Wahrheit, oft lügen sie und schicken noch Licht auf die Erde, obwohl sie schon Jahrhunderte oder gar Jahrtausende erloschen sind. Sie verleugnen stets – wie das ja auch bei den Menschen üblich ist – ihr Alter und möchten ein ganzes Leben lang aussehen, wie sie in ihrer Jugend ausgesehen haben. Es fällt ihnen schwer zuzugeben, dass sie in vielen Jahrtausenden älter geworden sind. Sie haben eine lange Vergangenheit hinter sich und kennen die Vergangenheit, aber nicht die Zukunft. Dass sie die Zukunft kennen und sagen können, welches Schicksal jedem Menschen bevorsteht, haben sie nie behauptet, das hat ihnen der Mensch angedichtet. Die Voraussage zu Beginn eines Jahres: Es werde manche Überraschung, manche Enttäuschung und nicht erwartete Krisen bringen, trifft stets ein, weil es Jahre ohne Überraschungen, Enttäuschungen und Krisen nie gab und auch nie geben wird.
Sterne sprechen nicht. Das Stummsein scheint ihnen

jedoch schwerzufallen. Sie flackern deshalb, weil sie beachtet werden möchten, unaufhörlich mit ihrem Licht, das verspätet bei uns ankommt. Den Dolmetscher aber, der die Sprache der Sterne versteht und ihre Signale übersetzen kann, gibt es noch immer nicht.

WR

MEMOIREN DES ZACHARIAS

Ich, Zacharias, Priester am Tempel von Jerusalem und Vater des Johannes, der als „Johannes der Täufer" Weltruhm erlangte, gültig verheiratet mit Elisabet, einer Base Marias, der Mutter Jesu, habe mich entschlossen, meine Erfahrungen über den Umgang mit Engeln niederzuschreiben, um denen, die jemals eine Engelerscheinung haben sollten, die bittere Erfahrung zu ersparen, die ich selbst machen musste. Denn Sprachlosigkeit ist eine leider noch wenig erforschte und schwer zu heilende Krankheit. Zuerst stellen sich Hörschäden ein, die man meist nicht beachtet. Dann fällt das Reden immer schwerer und schließlich schafft es die Zunge, die intakt geblieben ist, nicht mehr, Worte auszusprechen.
Ich litt nach einer Engelerscheinung neun Monate an einer rätselhaften Sprachlähmung, konnte mich nur noch durch Zeichen verständlich machen. Ich verfiel in Depressionen und ins Grübeln. Offensichtlich war das Verstummen eine Strafe für ein Fehlverhalten! Man rechnet ja nicht mit einer Erscheinung. Als Gabriel plötzlich vor mir stand, war ich in höchstem Maße überrascht. Während meines Studiums hatte mich niemand belehrt, wie man sich einem Engel gegenüber verhält. Ich hätte den Einwand, dass Elisabet unfruchtbar ist, unterlassen sollen, das nahm er mir übel. Er hatte den Eindruck, ich sei der Meinung, Gott sei den Naturgesetzen unterworfen, und was der Mensch für unmöglich hält, sei auch bei Gott unmöglich.

Die Zeit meines Stummseins zwang mich nachzudenken. Ich erkannte in dieser Zeit, dass wir Menschen mit Reden das Denken oft zudecken und dass man mehr erkennt, wenn man schweigt. Ich rate euch, wenn euch jemals ein Engel erscheinen sollte: Redet nicht, hört zu und lasst euch nicht auf Diskussionen mit ihm ein! Gott schickt ja nicht einen Boten, damit er von Menschen Anweisungen abholt, sondern weil er ihnen etwas sagen soll.

Warum Gabriel meinen Einwand als Unglaube verstand, den Einwand Marias aber als berechtigt, mich bestrafte, sie aber nicht, darauf weiß ich keine Antwort. Vielleicht haben auch Engel Launen.

WR

DER ENGEL GABRIEL

Als der Engel Gabriel beauftragt worden war, die Botschaft von der Menschwerdung Gottes auf die Erde zu bringen, war er über diesen Auftrag hocherfreut. Er konnte sich zwar nicht vorstellen, was Gott da plante, er hatte auch schon viel über die Erde gehört, selbst war er jedoch noch nie dort gewesen. Seine himmlischen Verpflichtungen ließen seine Abwesenheit nicht zu – er hatte immerhin die Verantwortung über einige Legionen Engel. So war es nicht verwunderlich, dass er, als er drunten ankam, doch beträchtliche Orientierungsschwierigkeiten hatte und auf die Hilfe der dortigen Bewohner angewiesen war. Obwohl er sich nicht zu erkennen gab, erschraken die Menschen, sooft er sie ansprach. Sie ahnten wohl, dass er nicht ihresgleichen war.

Schon dachte er daran zurückzukehren, um die Länderkarte Palästinas zu holen, die er in der Eile vergessen hatte, da entschloss er sich, einen römischen Soldaten, den er in Rom auf sich zukommen sah, zu fragen, wo denn Palästina liegt. Der Soldat blieb, was er nicht erwartet hatte, erfreut stehen und erzählte ihm, dass Palästina eine römische Provinz sei. Er sei dort einige Jahre Kommandant einer Besatzungseinheit gewesen. Es sei ein schönes Land, aber die dortigen Bewohner wären gegenüber den Römern feindselig eingestellt und neigten zum religiösen Fanatismus. Sie wären von der merkwürdigen Überzeugung nicht abzubringen, dass eines Tages der Messias komme ...

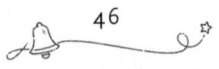

Gabriel, der keine Zeit verlieren wollte, aber nicht recht wusste, wie er dieses Gespräch beenden sollte, sprang schnell auf eine Wolke, die gerade vorbeizog. Da die Wolke in Richtung Jerusalem unterwegs war, machte Gabriel es sich bequem, zog ein Wolkenkissen unter sein Haupt und dachte darüber nach, wie man auf geschickte Weise ein Gespräch mit Menschen, die oft vom Wesentlichen abweichen und das Bedürfnis haben, ausgiebig von sich zu reden, beenden könnte. Ob er sagen sollte: „Ich danke Ihnen, sparen Sie sich die vielen unnötigen Sätze" oder: „Machen Sie's kurz, ich habe keine Zeit" oder aber sie mit einem Blitz blenden und verschwinden sollte?

Über Jerusalem sprang Gabriel ab und musste noch ein beträchtliches Stück zurücklaufen, weil er die hohe Geschwindigkeit der Wolke nicht beachtet und übersehen hatte, dass man rechtzeitig vor dem Ziel abspringen muss. Da er auch die Anschrift Josefs und Marias auf seinem Schreibtisch im Himmel hatte liegen lassen – er hatte nur in Erinnerung behalten, dass beide aus dem Hause Davids stammen –, suchte er die Schriftgelehrten auf in der Hoffnung, dass sie ihm über die Nachkommen Davids Auskunft geben könnten. Die Schriftgelehrten aber wunderten sich über seine Frage und erklärten ihm, David habe vor fast tausend Jahren regiert und außerdem so zahlreiche Frauen gehabt, dass es ausgeschlossen sei, deren Nachkommen zu erfassen. In ihren Büchern sei nur ein Mann namens Josef erwähnt, der als Zimmermann in Nazaret tätig sei.

In Nazaret war es leicht, Josef zu finden, obwohl es viele gab, die Josef hießen, denn es gab nur einen,

der Zimmermann war. Er hatte am Ende der Hauptstraße seine Werkstatt. Als Gabriel schüchtern eintrat und sagte: „Ich wollte eigentlich …", gab Josef, ohne aufzuschauen zur Antwort: „Wenn Sie Maria, meine Verlobte suchen, sie wohnt nebenan". Gabriel stand lange vor der Tür und überlegte, wie er sich vorstellen sollte. Ob er sein Engelgewand anlegen oder vor ihr auf dem Boden niederknien sollte? Und wie sollte er sich verhalten, falls Maria erschrocken flöhe oder ihm Fragen stellte oder ihm nicht glaubte? Er bereute, dass er, als er den Auftrag erhielt, sich keine genauen Anweisungen hatte geben lassen. Nach langem Zögern klopfte er und verkündete seine Botschaft so schnell, dass Maria nur fragen konnte: „Wie soll das geschehen?" Da er selbst nicht wusste, wie das alles vor sich gehen würde, sagte er nur: „Vertraue auf den Heiligen Geist!" Dann verschwand er eilig.

Nach seiner Rückkehr in den Himmel erschrak er. Ihm wurde bewusst, dass er in seiner Nervosität zu hastig gesprochen und Marias Frage, die auch spätere Generationen stellen würden, nicht richtig beantwortet hatte. Stattdessen hatte er sie mit der Antwort, dass bei Gott alles möglich sei, allein gelassen – ein Versäumnis, das nie mehr zu korrigieren sein würde.

WR

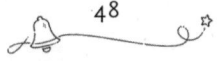

PROBLEME MIT DEM SCHENKEN

Wüssten die Menschen, wie schwer es ist, sich beschenken zu lassen oder zu schenken, sie würden Geschenke nicht so nachlässig auswählen oder das Schenken ganz unterlassen. Meist schenken sie, was ihnen gefällt: eben den Roman, der in einem Prospekt als lesenswert empfohlen wurde; das Schmuckstück, das ihrem Geschmack entspricht; die Weinsorte, die ihnen schmeckt; oder die Eintrittskarte für das Theaterstück und das Konzert, das die Presse lobte, ohne zu erkunden, ob der Beschenkte etwas damit anzufangen weiß. Wie oft erhält man, was man schon hat oder teurer aussieht, als es ist? Und oft wird einem etwas aufgedrängt, was man gar nicht haben möchte. Wir nehmen oft Geschenke an, zeigen uns erfreut und legen sie dann achtlos ab. Nur selten bekommt man das Geschenk, auf das man begierig war, und häufig erhält man das, womit man wenig oder nichts anfangen kann. Kinder erhalten oft Spielsachen, mit denen andere Kinder lieber spielen, und Jugendliche was für die Schule, aber sonst nicht zu gebrauchen ist. Wie oft muss man ein Geschenk annehmen, bei dem man sich überlegt, wem man damit eine Freude machen kann. Viele Geschenke legen einen weiten Weg zurück, bis sie bei dem ankommen, der daran Gefallen findet. Das Schenken wurde ein Problem, seitdem die Leute das, was man ihnen schenken möchte, schon haben. Dabei wäre es so einfach, wenn man dem

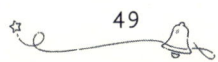

Spender die Rechnung für die Gegenstände, die man sich selbst kaufen möchte, geben dürfte.

WR

DIE GABEN

Ich schenk dir für den Christbaum heut,
um ihn ganz bunt zu schmücken,
ein kleines Päckchen mit dem Wunsch,
dir mög vor allem glücken,
den Frieden jener Heiligen Nacht,
von dem die Engel sangen,
trotz aller Unruh in der Welt
stets neu dir zu erlangen.
Dazu noch Glück, Zufriedenheit,
die aus dem Frieden leben.
Und diese Gaben mögst du auch
den andern weitergeben.

HZ

SCHULAUFSATZ:
„WORAUF ICH MICH
AN WEIHNACHTEN FREUE"

Ich bin jetzt zwölf Jahre alt und habe schon einmal den Jesusknaben gespielt, der drei Tage im Tempel von Jerusalem zurückblieb. Ich weiß, wie das ist, weil ich auch schon einmal ein Jahr in der Schule zurückgeblieben bin. Papa schnitzt, wenn er nicht den Pharisäer spielt, in seiner Werkstatt gerade den heiligen Josef, wie er einen Beichtstuhl repariert. Er hat mir das Schnitzen beigebracht. Letztes Jahr habe ich eine Weihnachtskrippe geschnitzt, aber Papa findet meine Schafe nicht schön, er sagt, meine Schafe wären missglückte Menschen. Das eine dicke Schaf sehe aus wie unser Bürgermeister und das noch dickere wie seine Lebenspartnerin, mit der er seit 20 Jahren noch immer nicht verheiratet ist. Eine Gemeinde, sagt er, ist keine Schafherde und ein Bürgermeister kein Leithammel, weil wir in einer Demokratie leben. Auch der Hund, der die Herde bewachen soll, gefällt ihm nicht, weil die Leute in diesem Schäferhund, der uns anbellt, unsern Pfarrern erkennen. Seine Predigten, sagt er, sind nicht so schlimm, wenn man nicht hinhört. So etwas darf ich mir nicht erlauben, solange ich noch nicht gefirmt bin.

Am meisten nervt mich Mama. Sie redet auf mich ein, ich soll ein Schaf, das so giftig wie die Schwiegermutter dreinblickt, von der Krippe wegnehmen, damit der Weihnachtsfriede nicht gestört wird. Mein

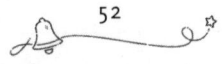

älterer Bruder, mit dem ich mich noch nie verstanden habe, ist der Einzige, der mich versteht. Er lobt mich. Ihm gefällt vor allem, dass ich den Lateinlehrer als zweihöckriges Kamel, den Mathelehrer als Ochsen geschnitzt habe, der sein Maul weit aufreißt, und den Schuldirektor als Esel ohne Ohren, weil er nie zuhört. Meine Schwester ist beleidigt. Es passt ihr nicht, dass ich die Lena, die mich schon im Kindergarten immer küsste, und meine Freunde aus der Fußballmannschaft zu Engeln geschnitzt habe, ihren Freund aber, der im Kirchenchor Geige spielt, nicht in den Engelchor aufgenommen habe, und dass ich Lisa, die sie nicht riechen kann, zur Maria gemacht habe.

Die Drei Könige sind noch nicht fertig. Ich weiß noch nicht, wie sie als Gottsucher aussehen sollen. Meine Religionslehrerin ist zwar so emanzipiert, dass sie jeden Mann ersetzen und als Kaspar, Melchior oder Balthasar auftreten könnte. Aber sie weiß schon alles über Gott und kann alles, was man schon einmal verstanden hat, so erklären, dass man es nicht mehr versteht. Bis jetzt habe ich noch keinen Gottsucher gefunden. Jusuf in meiner Klasse schwört mir, dass er niemals konvertiert, weil der Islam zu Deutschland gehört. Und mein Firmpate behauptet, dass man Gott nicht in Bethlehem findet. Der Stern in seinem Horoskop habe ihn zu einem Guru nach Asien geführt. Er ist stolz darauf, dass sich das nicht jeder leisten kann. Und unser Fußballtrainer, von dem ich wissen wollte, ob er ein suchender Mensch ist, hat mir geantwortet: Heute muss niemand mehr suchen, man findet alles im Internet. Gestern hat mich mein kleiner Bruder gefragt, warum das Jesuskind in meiner Krippe kein

Handy hat. Da habe ich schnell ein Handy gekauft, damit die drei Weisen es dem Jesuskind als Geschenk mitbringen, weil man ohne Handy nicht menschenwürdig leben kann. Papa versucht jetzt, meine Krippe zu verkaufen, aber niemand will sie haben. Alle wollen nur eine Krippe, wo man die Schafe, Ochsen, Esel und Kamele nicht erkennt.

WR

DA FEHLT DOCH WAS ...

Vier Weihnachtstermine musste er heute noch wahrnehmen. Man sollte sich ja als Politiker sehen lassen und sein Grußwort an die Leute richten. Womöglich ist der von der Gegenpartei auch da und wird einem die Schau stehlen. Es gehört schon zu den Merkwürdigkeiten unserer Zeit, dachte er sich, dass man ausgerechnet die Zeit der größten Hetze die „staade" Zeit nennt. Wahrscheinlich wär das heilige Paar, wenn es heute leben würde, in diesen Tagen nicht auf der Flucht vor Herodes, sondern vor den ganzen Weihnachtsvorbereitungen.
Heiliges Paar. Da fiel ihm ein, dass er ja heuer ein Kripperl besorgen wollte. Die Kinder hatten sich eines gewünscht, weil das alte, das ohnehin schon etwas ramponiert gewesen war, als man es im Januar wieder auf den Speicher tragen wollte, heruntergefallen war und die meisten Figuren ihre größeren oder kleineren Schäden davongetragen hatten. Wie's der Zufall wollte, bekam er just an diesem Nachmittag von der Leiterin des alten Klubs einen der prächtigen Heiligen Drei Könige geschenkt, den sie selbst in mühseliger Kleinarbeit mit herrlichen Kleidern ausgestattet hatte. Da kam ihm eine Idee: Wie wär's denn, wenn er bei seinen vielen Verpflichtungen die Augen und Ohren aufhalten und dann an der einen oder anderen Stelle diese oder jene Figur besorgen würde?
Als er dann am nächsten Samstagnachmittag den Otterloher Christkindlmarkt mit ein paar Grußworten

eröffnete, erstand er tatsächlich am Missionsstand einen holzgeschnitzten Elefanten für den einen der Heiligen Drei Könige. Bei der Einweihung der Berufsschule zeigte er besonderes Interesse an einem von den Schülern hergestellten Kripperl, und dem Schulleiter war es eine große Ehre, ihm dasselbe als Präsent zu überreichen. Und so ging's weiter: ein paar kleine, von den Grundschulkindern aus Ton hergestellte Schafe, beim Verein für Schäferhunde eine Miniausgabe eines Wachhundes für die Lämmlein und die Schäflein usw. usf. Einheitlich waren sie ja nun nicht, die Figuren, aber vielleicht war das gerade das Besondere an dieser Krippe! Da und dort macht er sich schon Gedanken über diese Art von Kurzfeiern. Hatten früher nur die großen Vereinigungen und Vereine ihre eigenen Advents- und Weihnachtsfeiern gehabt, so war es inzwischen Mode geworden, dass von jedem Großverein auch noch die Untervereine ihr eigenes adventliches Zusammensein abhielten, dass es sich kein kleiner Ort in seinem Landkreis mehr leisten konnte, auf das Adventssingen zu verzichten, dass also das reinste „Adventsrennen" ausgebrochen war. Äußerst unterschiedlich waren sie ja, diese adventlichen oder weihnachtlichen Feiern. Häufig verbarg sich hinter ihnen ein bloßes Essen und Trinken oder dass irgendjemand aus der Firma ein paar nichtssagende Worte über den Jahresabschluss sprach. Da gab's aber dann auch Weihnachtsfeiern, die eher einem Faschingsball glichen mit Tombola, Christbaumversteigerung und Tanzmusik, natürlich auch ein paar besinnlichere Veranstaltungen, in denen einige renommierte Gruppen ein paar Hirtenlieder vortru-

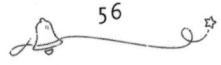

gen oder von den Freuden des Winters, dem Ski- und Schlittenfahren und dem Eisstockschießen, pax hurra dax, ein Lied erschallen ließen. Und er musste überall etwas sagen auch wenn er vielleicht gar nichts zu sagen gehabt hätte, weil er gar nicht genau wusste, um welche Art Publikum es sich handelte. Das war deshalb nicht sehr leicht, denn man musste ja der Pluralität Genüge tun, dem Sankt Pluralismus, dem wohl einzigen Heiligen, auf den sich unsere Gesellschaft geeinigt hat, Tribut zollen. Dabei ist das Entscheidende, dass man niemandem wehtut, keine Weltanschauung verletzt, denn auch wenn die Veranstaltung Weihnachtsabend oder -nachmittag heißt, kann man es sich natürlich nicht leisten, etwas Weihnachtliches zu sagen, es könnten ja genügend dabei sein, die von dieser Sache nichts mehr halten. Aber er wäre kein Politiker gewesenen, wenn er nicht auch für solche Reden eine gewisse Routine entwickelt hätte. Ein bisserl was über die Winterzeit, ein wenig was vom Brauchtum und auch ein paar Worte über Soziales, und die Liebe kann natürlich nicht schaden, da hat man immer recht, da stößt man nicht damit an.

So liefen auch in diesem Jahr wieder seine Veranstaltungen ab. Heuer machten sie ihm sogar ein bisschen mehr Freude als im vorigen Jahr, weil er, wie gesagt, nahebei immer Ausschau hielt, wie er seine Kripplmannschaft vervollständigen könnte. Seiner Frau und den Kindern hat er schon versprochen, dass es heuer eine kleine Überraschung unterm Christbaum geben werde. Endlich war es so weit. Am Heiligen Abend musst er zwar noch am Mittag eine kleine Feier in seinem eigenen Amt abhalten, aber dann begann er am

späten Nachmittag den Christbaum aufzustellen. Voller Freude holte er Kripperl und Figuren aus der Kiste, die er versteckt gehalten hatte. Ganz schön schwer war sie geworden, und was da alles drinnen war! Es bereitete ihm immer mehr Freude, das alles aufzubauen, was er geschenkt bekommen oder erstanden hatte. Prächtig schaute sie aus, die Schar der Hirten mit ihren verschiedenen Tieren, ein richtiger Tierpark war zusammengekommen, wenn man das Gefolge der Heiligen Drei Könige anschaute. Eigentlich waren es ja nicht nur drei Könige, sondern einen ganze Reihe von königlichen Gestalten.
Besonders schön war das geschnitzte heilige Paar anzuschauen, das er in der Holzschnitzerschule erstanden hatte, wo er an einem Adventsabend den Leiter ehren musste. Mein Gott, die Zeit, dachte er, die Kinder wollen doch endlich die Bescherung anschauen! Schnell legt er noch die übrigen Geschenke für seine zwei Kinder und seine Frau unter den Christbaum. Das Prächtigste aber war wohl das bunt zusammengewürfelte Kripperl. Da würden die Kinder staunen!
Endlich war es soweit. Er zündetet die Kerzen an und entfachte einige Sternwerfer, griff zur Glocke und schon kam seine Frau mit den Kindern an der Hand herein. Als Erstes stürzten sie sich auf die prächtige Krippe mit ihrer bunten Menschen- und Tierschar. Ein Oh und ein Ah und ein Ui kam über ihre Lippen. Der kleine Peter kniete sich hin und betrachtet jede Figur ganz genau. Auf einmal schaute er seinen Vater groß an: „Du Papa", meinte er, „schau einmal, da fehlt doch etwas!" Was sollte denn da noch fehlen, wo er sich bei seinen Besorgungen doch so viel Mühe gegeben hat-

te? Aber er schaute genauer hin. Jetzt sah er es: Das Kripperl im Stall war leer. Über den Weihnachtstrubel hatte er das ganz vergessen, was Advent und Weihnachten seinen Sinn verleiht: das Christkind.

HZ

DA FEHLT DOCH WAS …

EIN JESUSKIND VOM CHRISTKIND

Meine Kindertage, so schön sie in der Erinnerung sind, wiesen doch einige traurige Ereignisse auf. Der Zweite Weltkrieg wurde auch für die Kinder immer spürbarer, besonders, als sich die Bombenangriffe häuften. So wurde auch unser Haus in der Volkartstraße völlig ausgebombt. Alle Bewohner hatten zwar glücklicherweise im Keller überlebt, aber das Haus war zur Schutthalde geworden. Meine Eltern nahmen dieses Unglück überraschend gefasst auf und trösteten sowohl sich selber als auch mich, dass wir unser kostbarstes Gut – unser Leben – gerettet hatten. Natürlich war ich traurig über den Verlust meiner Spielsachen, auch unser schönes Kripperl ist damals zerstört worden.

Das Ende des Krieges erlebten wir in Erding. Infolge äußerst unglücklicher Umstände geriet mein Vater dann in amerikanische Kriegsgefangenschaft – obwohl er alles andere als ein Nazi gewesen war. Weihnachten rückte näher, und von meinem Vater war noch immer nichts zu hören. Anfang Dezember stellten wir uns dann die bange Frage, wie wir wohl in diesem Jahr das Weihnachtsfest feiern wollten. In der Schule bastelten wir mit dem kargen Material, das es damals gab, ein wenig Christbaumschmuck. Irgendwann aber fiel mir ein, dass wir ja nun kein Kripperl mehr hätten. Meine Mutter ersuchte mich zu trösten, dass wir – wenn alles, wie alle damals sehnlich hoff-

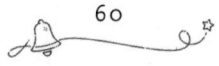

ten, wieder besser werden würde – im nächsten Jahr irgendwie wieder ein Kripperl zusammenbekommen würden. Aber meine Erinnerungen an das Kripperl waren so schön, dass ich mit der mir immer schon eigenen Sturheit beschloss, alles zu versuchen, damit auch in diesem Jahr ein Kripperl unterm Christbaum stehen könnte. So nahm ich mir fest vor, sogar meiner Mutter nichts zu sagen und sie am Heiligen Abend mit etwas ganz Besonderem zu überraschen.

Ich brauchte zunächst den Stall, dann die Figuren, also Maria und Josef, natürlich das Christkind, Hirten, einen Engel und zumindest ein paar Tiere, auf alle Fälle den Ochsen und den Esel. Das Einfachste war noch Zubehör wie Moos, Heu und Stroh. Das bekam ich schnell bei unserem Besuch bei einer befreundeten Bauernfamilie in Sonnendorf. Dabei entdeckte ich zufällig im Schuppen ein offensichtlich ausrangiertes Futterhäuschen für Vögel, das mir der freundliche Opa, als ich ihn bat, gleich schenkte. Mit meinen nicht unbedingt gerade großartigen handwerklichen Fähigkeiten versuchte ich das Häuschen einigermaßen „salonfähig" zu machen, wobei ich mir von vornherein damit Trost zusprach, dass ja das Christkind auch in keiner Luxusherberge zur Welt gekommen war.

Zu meiner großen Freude entdeckte ich in der Spielzeugkiste, die wir nach Erding gerettet hatten, sogar ein paar kleine Tierfiguren: Hund, Katze, ja sogar einige Schäfchen und Lämmlein. Beim Spiel mit meinem Klassenkameraden, dem Stadler Walter, sah ich durch Zufall bei ihm eine kleine hölzerne Kuh, die genauso gut ein Ochse hätte sein können. Ich tauschte sie trotz einer gewissen Wehmut gegen ein kleines Spielzeugauto ein. Der Huber Fany erzählte ich ebenfalls von meinem Krippenwunsch. Tatsächlich überreichte sie mir kurz darauf strahlend einen Esel, der allerdings bedeutend größer als der Ochse war. Auch ein paar kleine Figuren, die man mit Fantasie als Hirten identifizieren konnte, hatte sie erbeutet. Von meinem netten Religionslehrer hatte ich viele Fleißzettel bekommen. Als er mich fragte, was ich mir dafür wünschte, bat ich ihn um einen kleinen Engel und vertraute ihm gleichzeitig meine Kripperlbestrebungen an. Er übergab mir in der nächsten Stunde eine kleine geschnitzte Engelsfigur mit den Worten: „Weilst es du bist." Nebenbei erstand ich bei jeder sich bietenden Gelegenheit irgendwelche Tierfiguren. Sogar einen kleinen Elefanten gelang es mir, an Land zu ziehen, indem ich ihn gegen ein paar Briefmarken aus der eben begonnenen kleinen Sammlung eintauschte. Es fehlten jetzt lediglich die Hauptpersonen: Maria und Josef und das Christkind. Und Weihnachten rückte immer näher! Da war natürlich guter Rat teuer. Ich ging zum Vater unserer Vermieterin, der früher Schreiner gewesen war und immer ein offenes Ohr für mich hatte. „Ich versuch's mal", sagte er und machte sich einen ganzen Tag daran, aus einem Holztück eine Figur zu schnitzen. Wir malten sie gemeinsam an, und sie wurde zu einem wunderschönem heiligen Josef. Es fehlte also nur noch die Muttergottes und das Jesuskindlein. Bei der Maria half die gute Marie, als sie uns kurz vor Weihnachten besuchte. Ich erzählte ihr von meinem Vorhaben. Da kramte sie aus ihrer Tasche eine kleine Marienfigur heraus, die sie als fromme

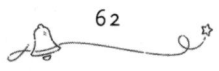

Frau immer mit sich führte. „Da", sagte sie, „das ist mein Weihnachtsgeschenk für dich. Ich hätte heuer sowieso leider nichts für dich gehabt außer meinen gebackenen Platzerln."

Am 22. Dezember habe ich dann, als meine Mutter gerade beim Einkaufen war, das Kripperl aufgebaut. Merkwürdig sah das Ganze schon aus mit dieser Ansammlung der verschiedensten Figuren in unterschiedlichsten Größen. Irgendwann aber gefiel mir dieses Panoptikum. Ja, aber es fehlte halt immer noch die Hauptfigur in der Krippe. Am 23. Dezember überlegte ich bereits eine Notlösung. Ich könnte ja ein Jesuskind malen, es ausschneiden und dann in sein Heubett legen. Gerade machte ich mich mit Papier und Buntstiften ans Werk. Da läutete es. Das schönste Weihnachtsgeschenk meiner Kindheitstage stand vor der Tür: mein Vater!

Am Weihnachtsabend ließ es sich mein Vater nicht nehmen, „dem Christkind zu helfen" beim Aufstellen der kleinen Tanne, die uns unsere Bauernfreunde geschenkt hatten. „Vati, bau doch darunter auch mein Geschenk für Mutti und dich auf", bat ich ihn, und zeigte ihm meine „Sammelkrippe". „Bloß eins fehlt", gestand ich ihm, „ich hab kein Christkind für die Krippe." „Dann musst du dir halt vom Christkind ein Jesuskind wünschen", lächelte er. Richtig, das war's. Daran hatte ich gar nicht gedacht. Ob das aber das Christkind in so kurzer Zeit noch schaffen würde?

Als mein Vater dann abends mit einem kleinen Glöckchen die Bescherung einläutete, stürzte ich ins Zimmer. „Ja, was steht denn da?" rief meine Mutter plötzlich. Sie hatte die von meinem Vater kunstvoll aufgebaute Krippe entdeckt. Wirklich originell sah sie in ihrer Buntheit aus. Aber was war denn das? In der kleinen Zündholzschachtel-Krippe lag auf Heu und Stroh tatsächlich ein kleines Jesuskind.

HZ

ESEL UND OCHS

Der Ochs, der im Stall von Bethlehem an der Krippe gestanden hatte, als das Jesuskind geboren wurde, und bald darauf gläubig geworden war, fragte den Esel, der damals auch dabei war: „Glaubst du noch immer nicht? Du sagst doch sonst gern J-a."
Darauf entgegnete der Esel mürrisch: Er könne nicht glauben, dass der große Gott, der immerhin allmächtig sei, so klein wie ein Kind werden kann. Er wäre jedenfalls, wenn er Gott wäre, niemals bereit, seine Seligkeit aufzugeben, um auf der Erde zu sein. So schön sei sie nun wirklich nicht. Einen Gott, der sich so klein mache, müsse er töricht nennen.
Als der Ochs die Bemerkung machte: Was ein Esel für töricht halte, könne durchaus weise sein, erwiderte der Esel: Und was Ochsen für wahr halten, sei noch lange nicht wahr, ihr geistiges Fassungsvermögen sei doch – trotz ihres beachtlichen Gehirnumfanges – nachweislich nur mäßig. „So viel habe ich begriffen", sagte der Ochs, „dass dieser Jesus – vor allem als er öffentlich zu wirken begann – etwas Besonderes ist." Jeder, der seine Augen auftut, müsse sehen, dass er in jeder Hinsicht anders war. Es habe bisher noch nie einen Menschen gegeben, der nicht habgierig, nicht herrschsüchtig und nicht eitel war.
„Wir haben da", sagte der Esel, „allerdings verschiedene Vorstellungen von dem, was ‚göttlich' ist. Hätte er bei seiner Geburt nicht so hilflos dagelegen und aus dem Stall einen Palast gemacht, würde ich glau-

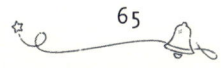

ben. Nichts, auch unsere Lage, hat sich seit seiner Geburt gebessert! Wir fressen noch immer Stroh und müssen noch immer Lasten schleppen, die man uns aufbürdet." Da sagte der Ochs: „Du glaubst nicht, ich glaube. Man kann also die gleichen Erfahrungen haben und doch verschiedene Konsequenzen daraus ziehen."

WR

OCHS UND ESEL

Wahrscheinlich standen an der Krippe von Bethlehem weder ein Ochs noch ein Esel. Denn die Künstler wollten die Weihnachtsgeschichte ausschmücken und nicht nacherzählen. Sie ließen darum auf ihren Darstellungen, auf denen es von neugierigen Menschen und Tieren nur so wimmelt, ihrer Fantasie freien Lauf. Ochs und Esel sind eine Erfindung: Beide stehen stellvertretend für zwei Menschentypen: für den Gläubigen, der in seiner Beschränktheit, die er trotz seines Glaubens nicht ablegen kann, dem stumpfsinnigen Ochsen gleicht, und für den Heiden, der sich in seiner Verstocktheit oft wie ein bockiger Esel verhält.

Auf witzige Art und Weise wird der Gläubige, der sich gern für erleuchtet hält und einbildet, er stehe Gott näher als die vielen anderen, die noch nicht zum Glauben gekommen sind, daran erinnert, dass er auch als Glaubender ein Nichtwissender bleibt, und der Nichtgläubige, der sich gern auf die Wissenschaft, auf die Vernunft oder seine Gelehrsamkeit beruft und über die naiven Gläubigen erhebt, dass er sich vor dieser Einbildung hüten soll.

So wie es töricht wäre, darüber zu streiten, ob ein Ochs gescheiter als ein Esel ist, wäre es töricht, seinen Geist damit zu verschwenden, ob nun die Gläubigen den Ungläubigen oder die Ungläubigen den Gläubigen geistig überlegen sind. Beide stehen vor einem Geheimnis und begreifen, wie der Ochs und wie der

Esel, von dem, was Gott da gewirkt hat, so viel wie nichts und im günstigen Fall nur wenig.

Sooft ein Ungläubiger – wäre er auch Hochschullehrer, Wissenschaftler oder Nobelpreisträger – sich mit einem Gläubigen, der sogar den Doktor der Theologie erworben hat, in eine Diskussion über Glaubensfragen einlässt, ist das, als würde ein Ochs mit einem Esel streiten.

WR

DAS WEIHNACHTSFEST UNTER DEN TIEREN

In der Dezemberausgabe ihrer Monatszeitschrift „animals" veröffentlichte die als gemeinnützig anerkannte internationale Tier-Vereinigung, die alle Tiergattungen vertritt, zum ersten Mal das Ergebnis einer von einem renommierten Institut weltweit durchgeführten Studie: „Wie erleben Tiere das Weihnachtsfest?" Während Elefanten und Giraffen sich an diesem Thema mit der Begründung, das gehe nur den Menschen an, uninteressiert zeigten, drückten die Raubtiere, vor allem Löwen, Tiger und Leoparden, ihre Verwunderung aus, wieso man von ihnen wegen des Weihnachtsfestes Feiertagsstimmung erwarte. Sie könnten sich freie Tage, an denen sie untätig herumlägen, nicht leisten. Bei ihnen ginge es täglich darum, das für das Leben Notwendige zu erwerben. Und das sei mühsam, weil die meisten Tiere misstrauisch wären und ihnen nicht bereitwillig entgegenliefen. Das Jagen sei ein anspruchsvoller Beruf, der viel Geschicklichkeit und Ausdauer verlangte. Es falle ihnen auch nicht leicht zu töten. Sie seien schließlich nicht so gefühllos wie der Mensch, der nicht einmal davor zurückschreckte, mit Schusswaffen sogar seinesgleichen zu erlegen.

Rinder, Spanferkel und Kälber sprachen in dieser Studie von ihren Ängsten und gestanden offen ein, dass sie vor Weihnachten Abscheu empfänden. „Feiertage sind Trauertage für uns", klagten sie. Die Hasen und die Rehe berichteten von ihren vergeblichen Versuchen, sich mit Beginn des Advents im Unterholz der Wälder zu verstecken, aber leider wären sie dem Menschen, weil er über Mordwerkzeuge verfüge, hilflos ausgeliefert. Immer wieder müssten sie den Verlust eines guten Freundes, eines nahen Verwandten oder eines noch minderjährigen Kitzes beklagen.

Enten, Gänse und die jungen Hähnchen scheuten sich nicht zu bekennen, dass sie Weihnachten hassen. Sie sagten: „Wenn man Jahr für Jahr erleben muss, wie man gerade die aus unserer Gemeinschaft holt, die noch eine lange Lebenserwartung hätten, und ihr Leben brutal abkürzt, dann kann man nur noch den Gedanken haben: Wann wirst auch du in einen Ofen gesteckt und so lange gedreht, bis du ganz entstellt und besinnungslos geworden bist?" Es sei kein Wunder, dass gerade unter dem Geflügel die Zahl derer am höchsten sei, die unter psychischen Störungen leiden und psychiatrische Hilfe in Anspruch nehmen müssen.

Die Fische erklärten nahezu einhellig, vor Weihnachten komme bei ihnen eine depressive Stimmung auf. Vegetarier und Tierschützer hätten ihnen zwar den Rat gegeben, in die antarktischen, für den Menschen schwer zugänglichen Gewässer auszuweichen und rechtzeitig vor Feiertagen in die Tiefe abzutauchen. Doch diese Sicherheitsmaßnahme helfe nur wenig, weil nun einmal auch Fische zuweilen nach oben ans Licht möchten. Das werde vielen zum Verhängnis. Der Mensch, der auch die Meere bis zum Geht-nicht-mehr ausplündere, schränke mit Fangbooten und Fischnetzen ihren Lebensraum immer mehr ein. Ein

Lengfisch sagte verärgert: Er sehe keinen Anlass, an dem Tage zu feiern, an dem der Mensch seine Artgenossen zerlege, um sie in Orangen-Pfeffer-Soße zu legen und genüsslich zu verspeisen. Die Lämmer, deren Vorfahren zur Krippe eilten, um das Jesuskind zu begrüßen, gaben zu, dass sie am Weihnachtsabend weinten.

Nur die Katzen, Hunde und Papageien äußerten, sie hätten gegen das Weihnachtsfest nichts einzuwenden. Sie verstünden zwar nicht, weshalb man einen mit Kerzen und Kugeln geschmückten Tannenbaum in ein Zimmer stellte und Dinge, die man vorher eingepackt habe, wieder auspacke, aber das sei ganz lustig anzusehen. Am Weihnachtsabend würden sie jedenfalls in nahezu allen Familien als Vollmitglieder behandelt. Ja, es komme sogar vor, dass man auch für sie auf dem Gabentisch ein Geschenk bereit lege, ein silbernes oder goldenes Halsband oder eine Schleife, die meist nur lästig sei, über die sie sich jedoch anstandshalber erfreut zeigten. Man werfe ihnen am Weihnachtsabend auch, sofern man sie nicht an den Tischen Platz nehmen lasse, manche Leckerbissen zu, auch Süßigkeiten, die sie nur zu sich nähmen, weil man ihnen übel nähme, wenn sie nicht danach schnappten. Weihnachten habe einen gewissen Reiz: da hätten sie Gelegenheit, den Menschen von einer Seite kennenzulernen, die er das ganze Jahr hindurch versteckte. Ein Schäferhund erzählte in seinen Lebenserinnerungen, die er kurz vor seinem Ableben niedergeschrieben hatte: Er habe sich an den Heiligen Abenden stets über seinen Herrn, dessen Eheprobleme ihm vertraut waren, weil er täglich mit ihm spazieren ging, amüsiert und belustigt zugesehen, wie er sich am Heiligen Abend zu seinen Kindern auf den Boden legte, um mit ihnen zu spielen, und aus seiner Familie, wenigstens für einige Stunden, eine harmonische Familie machte.

Die Studie ergab, dass unter allen Tierarten nur die Vögel von sich sagten, dass sie sich über Weihnachten freuen. Man habe ihnen erzählt, dass dieses Jesuskind, das später als Rabbi auftrat, die Menschen aufgefordert habe: „Schaut auf die Vögel! Sie haben das rechte Gottvertrauen und machen sich keine falschen Sorgen!" – „Wir Vögel", schrieben sie in ihren Bericht, „können nur den Menschen raten: Lernt von uns! Wir vergessen nicht, dass Gott uns ernährt! Wir loben Gott nicht nur an Feiertagen, sondern jeden Tag!"

WR

WEIHNACHTSWUNDER

Niemand kann erklären, warum am Weihnachtstag die Luft so rein und die Natur so feierlich gestimmt ist; warum die Sonne schon bei ihrem Aufgang freundlicher als sonst dreinblickt und die Wolken nachdenklicher vorüberziehen; ja warum sogar die Flocken, die vom Himmel fallen, vor Freude tanzen und nicht verbergen können, dass sie glücklich sind. An keinem Abend kann man die Sterne so funkeln sehen, als würden sie sich angeregt miteinander unterhalten. An keinem Abend verbreitet sich über den ganzen Himmel hin ein so helles Licht, als hätte jemand die Tür des Himmels einen Spalt geöffnet. Und wer seine Ohren auftut, kann aus weiter Ferne Gesänge hören, die kein Menschenchor zustande bringt.
Allerorten beteuern Hirten, dass ihre Schafe, die sonst wahrlich nicht gesprächig sind, sich am Weihnachtsabend gern über das Ereignis von Bethlehem unterhalten, das sie bis heute als ihr schönstes Erlebnis in Erinnerung behalten haben. Förster oder Waldarbeiter wollen beobachtet haben, dass am Weihnachtsabend das scheue Wild alle Furcht abstreift, Hasen und Rehe ihr Versteck verlassen und neugierig an den Rand des Waldes eilen, weil sie dem Geläut der Glocken, die zur Weihnachtsmette rufen, lauschen möchten. Mancher Tierhalter versichert, dass sein Haustier, dem sonst jede Art menschlicher Musik zuwider ist, am pausenlosen Abspielen der immer gleichen Weihnachtslieder Gefallen findet. Mancher Tierfreund will

sogar herausgefunden haben, dass die Vögel in der Weihnachtsnacht wach bleiben, um in ihren Nestern – ähnlich wie die Menschen – zu feiern, die wilden Tiere ihrem Jagdtrieb widerstehen, Katzen keine Mäuse jagen, Wölfe keine Schafe reißen, jedes Tier seine angeborenen Verhaltensweisen ablegt, und in der ganzen Tierheit Friede herrscht.

Seitdem es das Weihnachtsfest gibt, kann, wer nur will, mit Verwunderung erleben, dass sogar die Menschen, die doch sonst das Nachdenken nach Kräften meiden und sich nur ungern von ihren schlechten Eigenschaften trennen, am Weihnachtsabend einfühlsam und liebenswürdig sind. Es kommt an diesem Tag nicht selten vor, dass Menschen, obwohl sie von ihresgleichen nicht viel halten, Nachbarn behandeln, als wären sie Geschwister; dass Väter frühzeitig nach Hause kommen, damit sie mit ihren Kindern spielen können; dass Vorgesetzte einmal nicht auf ihre Untergebenen herabsehen und Kollegen mit Kollegen kollegial umgehen, oder mancher, dem man das nie zugetraut hätte, auf einmal Lust verspürt, andere zu beschenken.

Am Weihnachtstag geschehen vielerorts viele für unmöglich gehaltene Wunder: Niemand kann erklären, wieso Jugendliche an diesem Abend nicht in Diskotheken gehen, Betrunkene an diesem Abend nicht fluchen, sondern überaus bewegend über ihre Kindheitserinnerungen reden; dass da Verkehrsteilnehmer gerne und geduldig an den Ampeln warten, Geschwindigkeiten unterschreiten und in Polizisten Schutzengel sehen. Am meisten wundern sich die Fernsehzuschauer, wie geistig anspruchsvolle oder nachdenkliche Texte, auch wenn sie etwas Religiöses enthalten, ins Fernsehprogramm geraten konnten und warum sich an diesem Abend die Moderatoren für das Intimleben ihrer Gäste nicht interessieren. Mettenbesucher haben Mühe zu verstehen, dass dem Pfarrer, der während des Jahres mit seinen Predigten große Mühe hat, Worte eingefallen sind, die das Herz anrühren. Das größte Wunder aber ist, dass mancher Zweifler einmal nicht am Glauben, sondern an seinen Zweifeln zweifelt und so mancher, der sich stolz als Atheist bezeichnet, in der Weihnachtsmette mit feuchten Augen das „Stille Nacht" mitsingt. Das letzte Weihnachtswunder ereignet sich dann kurz nach Mitternacht, wenn mit dem Glockenschlag, fast in einem Augenblick, alles wieder wird, wie es immer war, als wäre Weihnachten nie gewesen.

WR

WEIHNACHTSABEND

Es gelang mir, diesen Abend frei zu halten
und – was nicht leicht war – auch gedanklich
abzuschalten.
Punkt 19 Uhr sang ich mit Frau und Kind das
„Stille Nacht".
Das hatte ich schnell hinter mich gebracht.
Dann fingen wir – wie das nun einmal üblich ist –
mit der Bescherung an.
Es waren lauter Dinge, die sich eigentlich jeder kaufen
kann.
Ich hatte andere Wünsche, das will ich nicht
verschweigen.
Aber ich konnte mich doch erfreut und dankbar zeigen.
Beim Gansbratenessen ließen wir uns Zeit
und bemühten uns um das Gespräch und die
Gemütlichkeit.
Um 22 Uhr habe ich dann die Gemütlichkeit beendet
und mich, nachdem die Frau im Bett war,
dem TV-Programm zugewendet.
Ich hatte allerdings erwartet,
dass man einen weihnachtlichen Krimi bringt,
aber nicht die alten, überholten Weihnachtslieder singt.
Wenn mich das alles nicht so genervt hätte,
wäre ich – ich schwöre es – in diesem Jahr zur
Weihnachtsmette.

WR

BEOBACHTUNGEN EINES ESELS AUF DER FLUCHT

Der Esel, der die Heilige Familie nach Ägypten tragen und dann wieder nach Nazaret zurückbringen durfte, war sehr stolz darauf, dass man ihn für diese ehrenvolle Aufgabe ausersehen hatte. Sooft man ihn fragte, was ihm auf dieser Reise aufgefallen sei, sagte er: ihm sei aufgefallen, dass Josef und Maria nur sehr wenig miteinander sprachen. Sie hatten immer nur Fragen gestellt. So fragte Maria immer wieder: „Was ist mit dem Satz des Engels gemeint: ‚Er wird groß sein und Sohn des Höchsten genannt werden'?" Darauf antwortete Josef: „Wie soll ich das wissen? Ich war ja nicht dabei, als der Engel mit dir sprach. Du hättest ihn fragen sollen!"

WR

MENSCHENSOHN

Würde Jesus heute leben, in unserer von der Technik und den Medien beherrschten Welt, wie sähe sein Leben aus? Würde er versuchen, die neuen sich bietenden Möglichkeiten zu nutzen? Würden seine Predigten zum Gegenstand von Leitartikeln oder Fernsehkommentaren? Wären seine Taten ein begehrter Stoff für Illustrierten-Stories? Müsste er mit ansehen, wie geschäftstüchtige Verleger seine Gleichnisse vermarkten und auf den Bestsellerlisten ganz nach vorne bringen, oder müsste er es sich gefallen lassen, dass Reporter ihn stets missverstehen und mit Interviews quälen?

Wie käme er in unserem Jahrhundert an? Welche Fragen würden wir heute stellen? Wollten wir nichts weiter von ihm wissen, als seine Meinung zur Kirchensteuer, zur Frauenordination und zum Zölibat? Was hätten seine Gegner an ihm auszusetzen? Würden sie seine Idee als nicht zeitgemäß und weltfern abtun, und ihn wieder der Gotteslästerung bezichtigten? Auf welche Art würde man ihn kreuzigen: durch Kommentare oder Interviews? Oder dürfte er, dank unseres humanen Strafvollzugs, mit einer vorübergehenden oder lebenslänglichen Sicherheitsverwahrung rechnen?

Sicher ist nur, dass er auch heute, wie zu seiner Zeit, umstritten und das Volk seinetwegen gespalten wäre. Es gäbe auch heute die einen, die bekennen: „Er ist wahrhaft der Prophet!", und die anderen, die einwenden: „Er ist von Sinnen, er verführt das Volk".

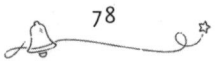

Eine einhellige Meinung darüber, wer dieser Jesus ist, gibt es nicht nur heute nicht, es gab sie nie, es wird sie niemals geben. Er ist der Eckstein, über den die Menschen stolpern.

Auch wenn man Jesus heute wohl kaum zum Mann des Jahres küren und wohl kaum mit dem Friedensnobelpreis auszeichnen würde, wichtig ist: dass man noch immer von ihm spricht und sich noch immer mit ihm auseinandersetzt. Man kann ihm gegenüber auch heute nicht gleichgültig sein. Dass sich unsere Zeitrechnung nach der Geburt Jesu richtet, ist kein Zufall. Es hat sich eben schon sehr früh die Erkenntnis durchgesetzt, dass ihm innerhalb der Weltgeschichte ein besonderer, der zentrale Platz zusteht. Auch die Französische Revolution schaffte es nicht – trotz aller Entschlossenheit –, eine neue Zeitrechnung und einen Kalender ohne das Geburtsfest Jesu einzuführen. Sie musste sich der Tatsche beugen, dass der Namen Jesu aus der Menschheitsgeschichte nicht wegzudenken ist.

WR